趙 炳 華

第52宿

남은 세월의 이삭

東 文 選

남은 세월의 이삭

孤寂은 나를 이끌어 온 가장
힘이 있다.

B.N. cho

시집 《남은 세월의 이삭》을 내며

2001년 10월 30일, 月刊 에세이社에서 출판한 시집이 《세월의 이삭》이었다.

그 이후 써서 모은 것이 이 詩稿들이어서 이 시집 이름을 《남은 세월의 이삭》이라고 했다.

사실 요즘 80이 넘어서 쓰는 작품들은 나의 제50시집 《고요한 귀향》 이후의 세월의 이삭들이다.

이 이삭을 주워 모으는 일로 나의 餘生은 이어진다. 다음과 같은 나의 철학으로.

自然은 인간 생명의 고향이며,
에로스는 인간 영혼의 고향이다.
인간은 이 두 고향에서
제한된 생명을 살아야 하는
그 慰安으로서
藝術 行爲를 계속하는 것이다.

앞으로 얼마나 이삭을 더 주워야 할지,
매일매일이 그 일이다.

안성 片雲齋에서

2002. 3. 3.

차　례

남은 세월의 이삭

老婆와 흰 갈매기

바닷가에서 행상을 하는 한 노파가
과자 부스러기를 연상
공중을 향하여 날린다
흰 갈매기들이 끼 끼 날아들어
날쌔게 채 간다

순간, 노파는 허공을 흔든다
절을 한다
무슨 사연이라도 있는 것인가
멀리 한 客人이 그걸 보고 서 있다

봄이 오는 해운대 아침.

(2002. 2. 28)

旅 愁

아, 바다는 넓어라 시원시원하여라
白痴의 女人처럼 슬퍼라

호텔 14층 베란다 창문을 여니
쏘아 몰려드는 차가운 바닷바람
멀리 출렁거리는 고깃배들의 등불
반짝반짝 두서넛
밤새 육지를 치고 물러나는 파도 소리
웍짝 루루루 웍짝 루루루
루루–루······

오, 먼 곳 내 사랑아.

(2002. 2. 27, 해운대 호텔 파라다이스 1433호에서)

14

나의 그날까지

항상 인내로워라

항상 자유, 유연로워라

항상 의연, 正雅로워라

내 인생 마지막 모습으로.

매일매일이 이렇게 있길.

(2002. 2. 12, 설날)

藝術의 뿌리

자연은 인간 생명의 고향이며
에로스는 인간 영혼의 고향이어라

인간은 이 두 고향에서
제한된 생명을 살아야 하는
그 위안으로서
끊임없이 예술 행위를 계속하는 것이다.

(2002. 2. 25)

마지막 노자

이제 이곳부터는
사람하곤 멀리할 일이려니
듣는 것, 보는 것, 말하는 것
모두 멀리할 일이려니

특히 말을 멀리할 일이려니
무거운 말을 삼갈 일이려니

이제부터 네가 살 곳은
텅 빈 우주이려니
말없는 자연이려니
비정한 세월이려니

오로지 네가 간직할 것을 사랑하던 일이려니
이별하던 일이려니

이 비밀은 네 마지막 노자이려니.

(2002. 2. 25)

인생 오페라

Spot—light in

텅 빈 공간, 거지 하나 나타나다
　　오, 세상 어찌 이리 자유로운가!

한 샐러리맨 나타나다
　　오, 세상 어찌 이리 불안하리!

사장님 서서히 걸어 나오다
　　어, 세상 어찌 이리 갑갑하랴!

국회의원 나리 느릿느릿 지나가다
　　아, 나라는 망해도 내 명예는 남으리!

한 시인 죽어 나가다
　　인간사 세상 모두 눈물이어라!

뒤따르며 목사님
　　오, 시인이여 계시나이까!

light out.

(2002. 2. 25)

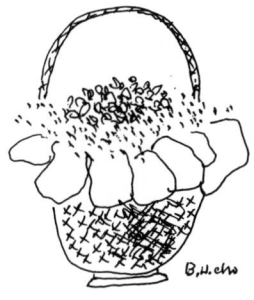

테레사

봄꽃들께 물 주어 햇볕에 진열한
작은 꽃가게 앞을 지나가다
문득 눈에 들어온 고개 숙인 노란 수선화,
순간, 먼저 떠난 그 소녀의 웃음이 스친다

그 소녀는 이미 미리 먼저 떠나려고
생긋 여리게 눈인사를 주었던가

아, 사무치게 곱던 그 어린 소녀의 웃음,
아름다운 것은 수명이 순간이런가
이건 너무나 서운한 일이어라

수선화, 히야신스, 튤립, 뾰족뾰족 솟아오르는
꽃순,
빨갛게, 노랗게, 하얗게 연분홍으로,
아침 햇살 그 소녀의 얼굴이 생그럽다

그 소녀, 테레사라고 했던가.

(2002. 2. 23)

청 춘
—— 경희대 문리대 졸업식에서 제1회 片雲문학패를
전달하며

아, 청춘은
모험과 방황, 끊임없이 꿈으로, 의
치열한 도전이려니

청춘은 인간 존재의 마음이어서
사람은 젊고 늙음이 있어도
인간 존재의 마음은 늙고 젊음이
없으려니

오, 청춘은 오로지 극복과 쟁취,
아름다운 꿈에 좌절은 없으려니

죽음만이 그 휴식이어라.

(2002. 2. 20)

꿈은 아름다워라

올림픽 선수들이
일 초의 몇분지 일을 줄이기 위해서
일 킬로의 몇분지 일을 높이기 위해서
일 센티의 몇분지 일을 늘리기 위해서
4년, 8년, 12년, 16년, …, 피땀에 엉겨
생애를 빈틈없이 살아가는 꿈,
아, 꿈은 아름다워라

사람이 누구나
자기 운명의 자리에서
그 운명과 피땀에 엉겨
생애를 빈틈없이 살아가는 꿈,
아, 또한 아름다워라

꿈은 이러한 것을
꿈은 이러한 힘인 것을
꿈은 이러한 고독한 기쁨인 것을.

(2002. 2. 19)

험준한 인생 산맥 지나서

험준한 인생 산맥의 긴 터널을 나와선
여기 열려져 있는 무한한 세계
허허로운 하늘
허허로운 세월
허허로운 산천
아, 너무 허허로워

이제 어디로 가지!

나를 이끌던 풀리지 않던 그리움은 연해지고
물렁물렁해진 나의 초점
보이는 것이 가물가물
어머님 계신 곳은 너무 허허로워

이 길인가
이 길인가

험준한 인생 산맥을 뚫고 나온 이곳,
너무 허허로워

허허로워.

(2002. 2. 18)

雨水節 附近

작은 정원에서 겨울을 난
나뭇가지들의 새순들을
대문을 나올 때마다 만져 본다
"얼마나 물이 올랐나" 하고

겨울이 가는지 봄이 오는지
봄인지 겨울인지 분간할 수 없는 날씨
알맞게 갈아입고 나오는 옷이 가볍다

立春 지나고, 설 지나고, 雨水는 좀 먼데
계절은 봄인지 겨울인지
마음이 봄인지 겨울인지

대문을 나올 때마다 만져 보는
겨울 나는 나뭇가지들
새순은 아직……

(2002. 2. 17)

귀를 만지면

귀를 만지면
지금도 그때 그 생각 그 냄새
선하여라

下學길 먼저 개울을 건너간 아이들이
땅벌 굴을 쑤셔 놓은 것을 모르고
넓은 개울을 발벗고 건너다가
땅벌의 습격을 받아 쏘인 귀밑

엉엉 울며 집에 돌아와 부어오른 곳을
어머님이 발라 주시던 된장
그 생각, 그 냄새,

긴 장마 끝에 활짝 개인
한여름 쨍쨍한 푸른 하늘
하학길 걸어서 10리
여덟 살 어린 소년이었지

먼 시간 속에서 가물가물.

＊ 松田학교와 난실리와는 10리 거리.

(2002. 2. 12)

B.H.cho

長才峯 까치

저놈도 저곳 장재봉 저 참나무 상가지에서
대대손손 새끼 치며 살아가는가
해마다 이른봄부터 다시 나타나
집수리를 하기에 바쁘다

아무리 보아도 작년에도 그놈
재작년에도 그놈
집수리하기에 부지런히 날아든다

고마운 일이다
사람은 떠났어도
깍깍 공산을 울리니

가끔 올려다보면
거기 참나무 상가지에
언제나 다정한 까치 한 쌍.

(2002. 2. 12)

三月은,

묵은 커튼을 연다
활짝 창문을 연다
왈칵 쏟아져 들어오는 상쾌한 바람
부드러운 생명의 향기
끝없이 펼쳐 가는 하늘 무한
아, 자연은 이렇게 정직하거늘
인생만이 어지러워라

참으면 이렇게 확 열리는 것을
기다리면 이렇게 어김없이 오는 것을

삼월은 생명이 움트는 달이라 하던가
생기가 솟아오르는 달이라 하던가
세상이 활짝 기지개를 켜는 달이라 하던가
약한 자들도 어찔어찔
생명과 생기에 취하는 달

아, 늙은 내 혈맥에도 그 맥박이
오, 삼월이여.

(2002년)

立 春

겨울이 물러나는지 봄이 오는지
겨울과 봄이 뒤섞여 부는 바람에
낮술 한두 잔 취기를 삭이며
혜화동 로터리를 향해 걸어오다가
발을 멈추고 문득 고개를 드니
거기, 눈높이로 나타나는 먼 북한산머리
아리아리
봄이 오는지 겨울이 가는지
비틀비틀

어디선가 버들강아지 솟아나려는가
노랗게 산수유 돋아나려는가
내 세월 어지러워라.

(2002. 2. 4, 입춘)

변한 세상

청탁한 원고 되셨나요
되셨으면 팩스로 보내 주세요
　　난 그런 거 없는데요
그럼, 이메일로 보내 주세요
　　난 그런 거 없는데요
그럼, 속달로 보내 주세요
　　당신이 꼭 필요하다면 원고료 가지고 오시오
그럼, 원고료 얼마 드릴까요
　　내가 장사꾼이오

전화를 끊고 개운치 않은 이 마음
흥정을 하다니,
흥정을 하기엔 너무나 부끄러운 이 마음
참으며 참으며
변한 세상, 부끄러운 시를 살아간다

오, 詩여, 고독한 나의 정조여.

(2002. 1. 30)

내 일

"나는 내일이라는 두 글자를 써놓고
항상 그것을 응시한다"
패전을 거듭하는 전투지에서의 한 일본 전몰학도병
의 수기
그 내일이 내게
요즘 들어서 더욱 선명하게 떠오르나니

· 내 내일이 지금
그 학도병의 그 내일과 무엇이 다르려나

오, 내일이여
내게 고요한 이별이길
편안한 떠남이길
그저 아무렇지도 않은 잊음이길

세월처럼.

(2002. 1. 15)

大寒을 지나며
—— 2002년 겨울

오늘도 아침 그 시간
작업실에 나와 찻물을 끓이면서
무심코 창 밖을 내다보니
거기, 봄을 기다리고 있는 나무
선뜻하다

어느 새 벌써 봄이,
담담할 수 없는 이 마음
웬일일까

                    ·

춘, 하, 추, 동, 자연의 질서는
하나 변화 없이 이렇게 숙연한 것을
해마다 달라지는 나의 정기

아, 봄은 오는데
기다리던 봄은 열리는데.

(2002. 1. 20)

늙은 우물

우물도 세월 따라 늙는지
늘 물이 고여서 넘쳐
푸른 하늘을 가득히 담고 출렁거리더니
세월 갈수록 수맥도 줄어들어
우물 안의 하늘이 좁아든다

우물의 세월, 아직은 남아
작게 좁아든 하늘
그곳에 내가 있나니

오, 뮤즈여.

(2002. 1. 10)

34

오사마 빈 라덴

──2001년 세밑

오사마 빈 라덴은 죽었는지 살았는지
행방이 묘연하고
아프간 전쟁은 무섭게 계속되면서
온 세계는 剩餘와 飢餓로 얼룩져
무겁게 세월은 넘어간다

돈 준 기업인이나, 돈 받은 정당인이나, 고급 관리나,
검찰청, 사정 기관이나,
대한민국에선 오리무중이고

세계평화주의자는 맴돌며.

(2002. 12. 31)

聖誕節

그때 그 시절,
통행 금지 시간이 풀린 그 밤, 그 시간까지
아슬아슬하게
서울 한복판 명동 거리를 이 골목 저 골목
싸구려 술집을 돌며
떠들썩하게 동동주를 정신 없이 마셨지

김광주, 이해랑, 한노단, 이인범, 이봉구,
이진섭, 박인환, 유한철, 유호, …
어지러운 세월 어질어질
캄캄한 내일, 그 어둠을 마셨지

지금 이 저녁
텅 빈 탁상에서 홀로 마시는 헤네시 꼬냑 한 잔,
꼬냑 한 잔에 핑 도는 팔십 고개
세상은 비어 가며 세월만 멀어라

아, 다들 갔고나

어디선지 고요한 밤, 거룩한 밤, …
쩔렁쩔렁.

(2001. 12. 25)

겨울 정원

봄 여름 가을
그렇게도 곱던 꽃들이
다 땅속으로 깊이 숨었구나
앙상한 껍질만 늘어놓고

아, 다시 너를 볼 수가 있을는지

겨울이 차다.

(2001. 12. 21)

오, 고독한 영혼이여

내가 이곳까지 온 것은
오로지 당신의 은혜이옵니다

어지러운 인생의 긴 여로에서
흔들리지 않고 이곳까지 온 것은
오로지 당신의 은혜이옵니다

이곳까지 오면서
한번도 당신을 눈으로 본 적은 없어도
험한 세상을 용케도 흔들리지 않고
곧장 이곳까지 오게 된 것은
오로지 당신의 은혜이옵니다

당신은 너무나 맑아서
너무나 투명해서
눈으로는 보이지 않으나
차가운, 강한 빛으로 어두운 그곳에 있었습니다

강한 힘으로

따뜻한 은혜로
보이지 않는 그곳에

오, 고독한 영혼이여.

(2001. 12. 20)

긴 겨울
(2001~2002)

고요히 타오르고 있는 난롯가에서
아침,
안면이 없는 사람에게서 온 먼 편지를 읽는다

한 해가 가고
한 해가 오는 길목에

눈이 내리고
눈이 내리고.

철 새

초겨울에 접어들면서 부쩍
철새들이 무리지어 하늘 높이 힘차게
남으로 남으로 날아간다

옛날 그 옛날
내게도 날개가 있었다는데
날개를 잃은 나는 세월에 떨어져서
남은 세월을 주워먹는다

무리를 잃고.

(2001. 11. 30)

42

초겨울비

잎 떨어진 초겨울
나무에 비가 내린다

길에도
도시에도
먼 고개에도

진종일 부시부시.

(2001. 11. 29)

고승과 시인

고승이 절간에서 도를 닦는 일이나
시인이 속세에서 시를 닦는 일이나
끝내는 죽음을 가볍게 통과하려는
그 마음을 닦는 일이러니   .

죽음을 가볍게 통과하여
허허로운 저 세상에서
허허로운 不在가 되려 함이러니

아, 허허로운 不在가 되어
무한한 소멸로 소멸함이러니

(2001. 11. 27)

44

부끄러움

인생을 다 산 이 끝자락에서
무슨 그리움이 또 남아 있겠는가만
이 외로움은 어디에 끼여 있는
사람의 때이런가

참으로 오래도 살아오면서
모진 그리움, 모진 아쉬움, 모진 기다림, 그 사랑
만남과 헤어짐,
희로애락 겪은 내게
무슨 미진함이 또 있겠는가만
아직도 채 닦아내지 못한 이 외로움은
어디에 남아 있는 사람의 때이런가

때때로, 혹은
시도때도 없이 스며드는 이 외로움

아, 이 끝자락에
이 부끄러움을 어찌하리.

(2001. 11. 25)

그때 그 소년이

그때 그 소년이
어찌 이런 사람으로 굳어 버렸을까

시골서 나와 긴 열차를 처음 보곤
자라서 열차 기관사가 되려니,
초등학교 시절 무수한 하늘의 성좌 이야길 듣곤
자라서 별을 찾는 사람이 되려니,
생명의 신비를 감지하면서는
자라서 생명의 신비를 캐는 사람이 되려니
하던 그 소년,

그 소년의 꿈은 꿈대로 되지 못하고
자라나면서 허전한 시를 쓰며
이렇게 노인으로 굳어 버렸으니
시인이 나의 운명이었던가

암, 그렇게 될 운명이었어
운명으로 돌아온 것이었어
운명으로 돌아와서 찾은 것은 나였어

바로 나로 돌아온 것이어

홀홀

아, 시인은 하늘을 살다 하늘로 돌아가는
나그네이려니

가벼울수록.

(2001. 11. 20)

초겨울 감나무

잎 떨어진 초겨울 저녁 노을 감나무
높은 가지에 따다 남은 감이 매달려
홀로 맥없이 늙어 간다

죽은 주황색으로.

(2001. 11. 11, 함양에서)

새로운 시집을 낼 때마다

새로운 시집을 낼 때마다
막연히 기대되는 새로운 만남
'어느 분의 손에 잡힐까'
'사랑을 받을까' 하는 부끄러운 생각
부끄러워라

시를 쓴다는 건 나를 캐는 일이어서
나의 운명을 캐는 것이어서
캐서 버리는 것이어서
숨김없이 버리는 것이어서
감춤이 없을수록 부끄러운 일이어서
오늘도 그 한 뭉치의 운명을 묶어서
세상 밖으로 버리나니

운명은 죽음으로써 끝나는 일이어서
아직도 남은 내 운명
시는 계속되려니
이 부끄러움
시는 내게 이러한 것이런가

아, 운명은 사람마다 다른 것이려니
시도 사람마다 다른 것이려니.

(2001. 11. 16)

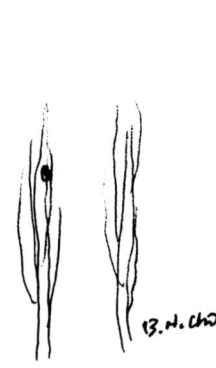

上林을 걸으면서

이곳이 孤雲 최치원 선생이
치산치수하던 신라의 고을이라 하던가
상림을 걸으면서 깊은 이 상념
아득하며 선명하여라

오늘 나 여기 시인의 고향에 와서
옛날을 걸으니
보이는 것이 살아 있는 흔적이요
듣는 것이 선비들의 삶이어라

아, 고향은 사람을 낳고
사람은 고향을 빛내는 것이려니.

(2001. 11. 11, 함양에서)

별

아득한 그리움이어라
어두울수록 더욱 선명한 먼 그리움이어라
내가 외로울수록 더욱 그리운
　　너의 자리처럼

언제나 그곳에.

(2001. 11. 10)

法句經

법구경은 원래의 이름이 팔리어로 담마파다
담마는 진리, 불멸을 뜻하며
파다는 언어, 말, 길을 뜻한다 하니
법구경은 '진리의 언어' '불멸의 길'이 아니랴

법구경 전 26장, 423편의 詩句는
하나같이 인생을
바람같이 살아라
구름같이 살아라
매사에 애착 없이 살아라, 함에
니르바나로 가는 길을 가르치나니

내가 그렇게 求道하며
詩를 살아옴에
아직도 어둠이 있는 것은
내게 아직도 사람이 남아 있음이려나

읽어도, 읽어도.

(2001. 11. 6)

팔리어 : Pali語, 부처님이 설법하던 마가다국의 언어.
다마파다 : Dhammapada.
니르바나 : Nirvana, 열반; 깨달은 상태, 번뇌의 불길이 꺼진
상태.

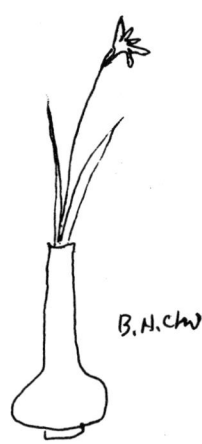

집

집이 있다는 건 고마운 일이어라
비를 막아 주나니
바람을 막아 주나니
추위와 더위를 피해 주나니
집이 있다는 건
하늘의 따사로운 구원이어라

시인은 집이 없는 사람이나니
길을 가는 사람이나니
길을 가면서 길을 내는 사람이나니
우주의 나그네이나니

비를 막아 주고 바람을 막아 주고
추위와 더위를 피해 주고
잠시나마 머물다 갈 수 있는
집이 있다는 건
실로 고마운 신세이어라

아, 시인의 사랑도 이러하려니

시인의 사랑도 이러하려니.

(2001. 10. 27)

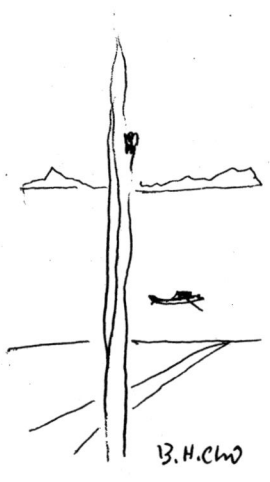

늙는다는 것은,

늙는다는 것은 쓸쓸한 일이어라
늙는다는 것은 물러나는 일이어라
늙는다는 것은 자리를 비우는 일이어라
늙는다는 것은 떨어져 나가는 일이어라
늙는다는 것은 혼자 남아서
혼자 가는 일이어라

늙는다는 것은,
익은 과일이라 하지만
완숙히 익은 과일의 향기라 하지만

아, 늙는다는 것은 슬픈 일이어라

(2001. 10. 24)

손 금

손금은 그 사람이 타고난 운수라 들어서
남몰래 가끔 손금을 들여다보면
거기 무수히 깔려 있는 잔손금
얼기설기 엉겨서 어지러워라

손금이 많으면, 잔금이 많으면
근심 걱정이 많다는데
내 손금이 그런가 보여라

어떤 금이 운수금이고
어떤 금이 장수금이고
어떤 금이 자손금이고
어떤 금이 부부금이고
어떤 금이 재물금이고
어떤 금이 출세금이고, …,
듣기는 들었지만

막상 손바닥을 들여다보니
어떤 금이 그것인지 긴가민가해서

내가 살아온 평생을 뒤돌아보니
이 금이 그 금 같기도 하고
이 금이 그 금 같기도 하면서
아슬아슬하던 내 운수가 머리에 감돌면서

그렇지, 이 금이 그 금이었어
아슬아슬하게 이어진 그 손금을 보나니
실로 아슬아슬 가늘게 이어져 있어라

손금은 그 사람의 운수라 했던가
그렇다면 내 수명은 얼마 남아 있으려나

깊이 한 손금을 들여다보나니.

(2001. 10. 21)

노인의 몸은,

노인의 몸은,
변동이 잦은 불확실한 화산 지대 같아서
예기치 못한 곳에서 수시로
고통이 터져 나오나니

치아에서, 허리에서, 관절에서, 수족에서,
복중에서, 혈맥에서, 뇌에서,
심장에서, 눈에서, 코에서, 목에서, …,
잔잔할 때 없이 터져 나오는
고통

달래 가면서, 치료하면서, 수리하면서,
약을 먹으면서, 견디면서, 참아 가면서,
진정하길 바라며 살아가는 노년기

어머님도 남모르게 이렇게
고통을 수시로 참아 가시면서
그 천명을 다하셨으려니

어찌 난들 그것을 피해 가리요
어찌 난들 그 무병선종을 바라리요

아, 인생의 종말은 이러한 것을.

(2001. 10. 20)

우리들의 사랑도 이러하려니
—— 낙엽을 바라보며

시인들이여
낙엽을 슬프게만 읊지 마오
낙엽은 자기의 의무, 자기의 역할, 자기의 사명,
자기 생명 남김없이 완수하고
힘없는 가는 바람에도 순순히 이끌려
지상에 떨어져서 땅에 깔리나니
그 모습 오히려 숭고하다 하지 않으리요

낙엽은 땅에 떨어져서 땅에 깔려
바람이 부는 대로 이리저리
비에 젖어 이곳저곳 처참히
눈보라에 휩쓸려 어디론지 사라진다 해도

아, 낙엽은 처량히 보일지라도
그 생명의 따뜻함을 어찌하리

시인들이여
우리들의 이별도 이러하려니

우리들의 사랑도 이러하려니

(2001. 10. 20)

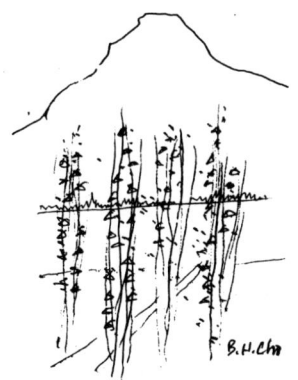

내가 대학에서

내가 대학에서 배운 것은
자연과학이었으나
자연과학에 앞서 먼저 사람이었으리

그와도 같이
내가 대학에서 가르친 것은
물론 시문학이었으나
시문학에 앞서 먼저 인간이었으리

시문학은 더구나
지식이나 기술이나 재주나 학문은 아니어서
그것은 무엇보다도 먼저
사람이어서
사람의 길이어서
인간이 사는 참인생이어서

아, 그것은 인간이
인간으로 사는 곧은 철학이어서

인간의 희로애락을 깊이 알뜰히
살아가는 旅程이어서.

(2001. 10. 19)

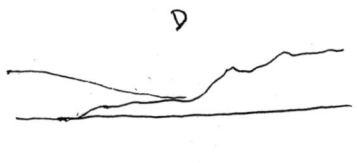

天忍無言

내가 일생을
天忍一聲, 이라는 마음가짐으로
참고, 참고, 그것도 참고 살아오면서
마지막에 가선 한 마디 하리, 하고
싫은 말, 싫은 일, 참고 견디어 왔지만

지금 그 마지막 나이에 들면서
그 말 한 마디 해본들 무슨 소용이리, 하는
쓸쓸한 생각

그 오해도 참고 용서하면 그뿐
그 모욕도 참고 용서하면 그뿐
그 모략도 참고 용서하면 그뿐
내게 해로운 말을 한 사람이나
내게 싫은 말을 한 그 글이나
용서하며 잊으면 그뿐

내 마지막은
세상만사 바람이려니

구름이려니
무언이려니.

(2001. 10. 18)

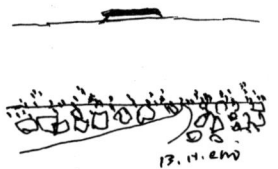

행복이란,

선생님, 팔십 평생 오래 살아오시면서
"진실한 행복이란 무엇이라 하겠습니까"
이런 물음 자주 받으면서
그것이 무엇일까,
나도 긴가민가하면서, 결국
'그것은 만족하는 곳에 있지 않을까'
하는 생각 굳어지면서
"암, 그것은 만족하는 곳에 있지"
서슴지 않고 대답을 한다

나는 인생을 행복이니 불행이니, 하는
그런 것을 살아온 것이 아니라
인생의 참된 기쁨은 무엇일까, 하는
그 기쁨을 꿈으로 줄곧 살아왔기 때문에
행복, 불행을 따지는 것은
실로 속된 것이라 생각해 왔던 것이다

그러나 지금 생각해 보니
인생은 행복을 추구하는 길이 아닌가,

평범한 그 생각 들면서
내 곁을 지나간 그 행복을
뒤늦게나마 생각하게 된다

행복이나, 기쁨이나, 다 같은 것 같지만
행복은 속된 것이고,
기쁨은 고귀한 것이고,
하는 생각이 드는 까닭은 무엇일까

행복은 만족하는 곳에 있지만
기쁨은, 불행할지라도
하는 생각.

(2001. 10. 13)

실로 좋은 시들은,

그렇게도 강력한 위세로 극성을 부리던
공산 국가들이 붕괴하듯이
20세기에 들자 온 세계를 풍미하던
이미지즘도 다다이즘도 쉬르리얼리즘도
미래주의도 모더니즘도 포스트모더니즘도,
산산이 부스러져

지금은 그 가루들이 뒤섞여 언어들에 묻어
우리들의 시에 반짝반짝하누나

실로 좋은 시는
어느 한 이즘에 속하고 있는 것이 아니라
그 구속을 벗어나 자유스럽게
살아 있는 감격이나 그 생각을
총력으로 표현하는 것이려니
그것이 이 가루들의 조화가 아니랴

창작은 말의 빛이려니
투철한 생각이 그것이려니

신선한 언어가 그것이려니
상쾌한 감각이 그것이려니
쾌적한 리듬이 그것이려니
명확한 뜻이 그것이려니
아름다운 몸체가 그것이려니

아, 유령처럼 떠도는
이즘의 가루들이여

(2001. 10. 11)

이즘 : ism, 주의.

스카이라인에 떠서
—— 일본 동북 지방에서

높고 길고 험한 거대한 산악에는
옛부터 山神이 살고 있다고 했던가
일본 동북 지방 높은 산악 지대,
그 험준한 스카이라인을 구름처럼
고개를 넘으면 봉우리, 봉우리를 넘으면
또 다른 높은 봉우리, 봉우리를 이 생각,
어리어리 하늘에 떠간다.

아슬아슬 산 아래를 내려다보면
멀리 희끗희끗 땅에 깊이 붙어 있는
사람들이 사는 곳
마을인가 도시인가 강인가 호수인가 바다인가
아득하여라

저곳이 희비애락 가시지 않는
인간들이 살고 있는 세계이런가,
인생은 짧다, 하나
근심, 걱정, 불안, 그 삶은

너무나 길어라.

(2001. 9. 27)

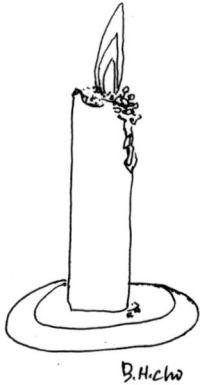

숙연한 시간

이럴 땐 어찌하면
좋소

여보, 이럴 땐
어찌하면 좋겠소

돌연히 닥쳐온 불안한 예감
인간이 긴 세월 살아가는 데
좋은 일만 있으리요만

생각지도 않은 이 불안,
이 불안이 한 치라도 당신에게 온다면
나는 어찌하리요

오, 하느님!
첨으로 불러 봅니다.

(2001. 10. 5)

遠 景

구름인지 능선인지 분간할 수 없는
먼 곳에
희미하게 호수가 길게 드러누워 있고

세월인지 세월 밖인지 분간할 수 없는
아리아리한 세월 언저리에
한 노인이 남아 돈다

아, 하늘은 높고 멀고 흐리흐리하며
日月은 소리 없이 무애무한하여라

(2001. 5. 25, Inawashiro 湖畔高原에서)

겨 울

자연의 겨울은
눈보라치고 바람 부는 엄동설한에도
깊은 땅속에서는
새 생명을 잉태하고
따뜻이 쉬고 있으려니

자연의 겨울은
그렇게 새로운 봄 여름 가을을
설계하며 꿈꾸며 편히 쉬고 있으려니

자연의 겨울은
깊은 땅속에서는 쉼없이
새 생명을 키우며 기다리고 있으려니

아, 인생의 겨울은.

(2001, 겨울)

山峽의 온천
—— 일본 동북 지방에서

좁은 山峽
깊은 계곡 작은 온천에
깊이 몸을 담그고 하늘을 내다보니
하늘은 치솟은 좁고 먼 곳이더라

이 온천은 옛날 사무라이들이
칼싸움의 상처를 치료하던 곳
사무라이들은 가고
노인들이 병치료로 찾아온다는 곳

세월은 유구한데
아프고 병들고 늙어 가는 인간들의 목숨
가련하여라

아, 가련하다 한들
그것도 얼마나 가리.

(2001. 9. 25)

지구 위에서의 작은 여행

때때로 하는
지구 위에서의 작은 여행은
언젠가는 해야 할 지구 밖으로의 먼 여행을
연습하는 여행이려니, 생각되지만

그 지구 위에서의 작은 여행은 여행에 앞서
이것저것 마음이 많이 쓰이면서
되도록 간편하게 꼭 필요한 것만 챙기지만
지구 밖으로의 먼 여행에는 무엇을 챙기지, 하는
생각

하늘을 날다 그곳에 내리고
그곳에서 다시 하늘에 떠서 이곳에 내리는
지구 위의 작은 여행

연습하면서 연습하면서
'짐이 가벼워야 높이 먼 여행하지' 깨달으며
한평생

하늘 밖으로 가는 그 여행을 준비하나니

내가 그곳으로 갈 땐
알몸도 두고 혼만 가지고 가려니
그것도 버리고.

(2001. 9. 23)

가을 하늘

아침 집을 나올 때마다 마당에서
하늘을 향하여 깊은 심호흡을 한다

하늘을 향하여 깊은 심호흡을 하면
거기 올려다뵈는 무량한 하늘
가을이면 그 무량한 하늘이 끝없이 깊이
구름 한 점 없이 푸르다

사람은 죽어서 저곳으로 간다고 했던가
홀가분할수록 저곳으로 간다고 했던가
가벼울수록 저곳으로 간다고 했던가
아무런 미련이 없는 사람일수록 그곳으로 간다고 했
던가
그렇다고 한들 어떻게 저곳까지 가리

혼자 중얼거리며 대문을 따고 나오면
거기 우글거리는 사람의 냄새
언제 나는 이 냄새를 벗어날 수 있으리

아침 집을 나올 때마다
바라다보는 저 저 하늘
사람은 죽으면 그곳으로 간다고 했던가

사람 냄새 없을수록.

(2001. 9. 21)

가을에 남은 장미

마당 한구석 외진 곳에
작은 장미 한 송이 붉게 피어
이 가을에 혼자 오래 남아 있다

애처롭다, 안쓰럽다, 측은하다, 가련하다,
사랑스럽다,
볼 때마다 늘 드는 이 마음,
이 마음은 뭘까

사람도 있을 때 있어야 하려니
있을 자리에 있어야 하려니
있을 사람과 함께 있어야 하려니

혼자 남는다는 것은,
아, 혼자 남는다는 것은 이런 것이 아니리.

(2001. 9. 21)

어머님 방의 등불

옛날
밤 깊이 공부를 하다가
어머님 방을 살며시 내다보면
늘 불이 켜져 있다

공부하던 손을 잠시 놓고
먼저 불을 끄고 자는 척하고 있노라면
그때서야 어머님 방의 불이 꺼진다

지금 내가 팔십이 넘어서
아들의 방을 내다보며 이 생각
아들 방의 불이 켜져 있으면
차마 먼저 불을 끄고 쉴 수가 없나니

이게 어머님의 안쓰러운 마음이었던가
어머님은 매일 밤을 이렇게 계시었다

등불은 이러한 것을
이러한 정인 것을

이러한 마음인 것을
이러한 따뜻함인 것을

어제도
오늘도

(2001. 9. 21)

고독한 마음의 자리처럼

고독한 마음의 자리처럼
편안한 자리는 없다

고독한 마음의 자리처럼
自由스러운 자리는 없다

아, 고독한 마음의 자리처럼
너그러운 자리는 없다

고독한 마음의 자리처럼
한없이 아늑한 자리는 없다

이쯤 살았어도.

(2001. 9. 19)

혜화동 나비

아내는 죽어서 나비가 되었는가
그가 심은 옥잠화가 하얀 꽃으로 피자
나비 한 마리 나풀나풀 날아든다
어제도 오늘도

이곳은 서울 종로구 혜화동 107번지
대도시 한복판
어찌 가냘픈 날개로 이곳까지
나풀나풀 찾아드는가

어제도 오늘도…

(2001. 8. 12)

물 한 방울이,

물 한 방울이 땅에 떨어져서
이 골짝, 저 골짝, 물방울들을 만나
함께 어울려 졸졸 흘러내리다가
실개천이 되고, 개울이 되고, 강이 되어
바다로 들어서자
한 방울의 그 물들은 흔적 없이
한 바다가 되어 지구를 도나니

사람은 땅에 떨어져서
세월이 되어 자라다가
그 세월 다하면 죽어서
몸은 흙으로 혼은 하늘로 갈라져서
사람의 눈으로 볼 수 없는 곳으로 떠나려니

혼은 가벼울수록 높이, 멀리
사람의 냄새 아주 가실수록 높이, 멀리 떠나서
그곳에서 한 우주가 되어
흔적 없이 되려니

아, 사람 사는 것이
매일매일이 이별이어라
소리 없는 작별이어라.

(2001. 9. 13)

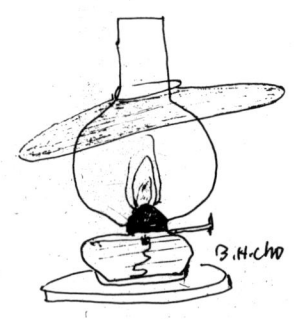

어느 오페라 무대

한 남자가 슬픈 이별을
노래 높이 절규를 하고 있었습니다

그 옷자락을 붙들고
한 애련한 여자가 애절하게
이별을 슬피 노래하고 있었습니다

텅 빈 어두운 무대의 밤하늘
별들이 반짝거리고 있었습니다

"인생은 그런 거라" 하고.

(2001. 9. 9)

글은

그 겨레가 쓴 글은
그 겨레의 영혼이려니, 영혼의 양식이려니

좋은 글은 좋은 대로
그렇지 못한 글은 그렇지 못한 대로
그 글을 읽는 사람에게 취사 선택이 되어
그 겨레를 이어 가는 영혼의 양식이려니

읽는 사람에게 좋은 글은
좋은 사람으로, 좋은 겨레로 이어지면서
오래 겨레의 영혼으로 이어져 내리려니

내가 지금 쓰는 이 글은
어찌되려나
심히 근심스러워지나니
심히 두려워지나니

아, 글은 사람의 영혼이려니, 영혼의 양식이려니
살아가는 힘이려니, 기쁨이려니

변하지 않는 벗이려니
위안이려니.

(2001. 9. 8)

10월의 詩

天高馬肥라는 말은
어느 시인의 말이던가
10월이 오면, 가을이 되면, 이 생각 먼저
가을은 실로 하늘 높고 만물이 살찌는 계절이어라

사람도, 곡식도, 자연도 통통히, 알차게
익고 여물어서 돌아오는 계절이어라

한 해를 이렇게 알차게 통통히
마무리하면서
다시 겨울로, 봄으로, 여름으로, 돌아서
또다시 이맘땐, 알차고, 통통히,
돌아오려니

아, 감사하여라
자연의 섭리여

가을은 天高馬肥라는 말은
어느 시인의 말이던가

가을은 천하 만물이 살찌는 달이어라.

(2001. 10월)

어느 기독교 공원 묘지

아휴,
이 엄청난 무덤의 행렬
死者들이 生者들을 압도하고 있나니
이 천지 가득히

새 한 마리 날지 않는 가을 하늘.

(2001. 9. 3)

내가 저 세상에 가서

내가 머지않아 저 먼 저승에 가서
그곳, 수문장이 내게
"너는 저 이승에서 무엇을 보았는가" 묻는다면
"네, 첫째로는 눈물을 보았습니다" 하리다

"눈물 중에서도 가장 쓰린 눈물,
어린 고아의 슬픈 눈물을" 이렇게

가난한 고아원의 저녁 노을 한 자리
그늘진 곳에서 홀로
소리 없이 흘리고 있는 부모 잃은 어린이의 눈물
나는 그것을 차마 잊을 수가 없습니다

인생이 눈물 아닌 것이 있겠습니까만
사라지는 운명을 타고난 인간이
눈물 아닌 것이 어디 있겠습니까마는

아, 이 세상 기쁜 것이나, 슬픈 것이나,
인간의 자리

눈물 아닌 것이 어디 있겠습니까마는

내겐 이승이 모두 눈물이었습니다
소리 없는.

(2001. 8. 27)

나의 마지막 꿈은

허공에 아무런 흔적이 없듯
바람이 지나도
구름이 지나도
새가 지나도
낙엽이 펄펄 날리다 사라져도
허공은 그대로 하나 흔적도 없듯
만고의 허공으로 그저 비어 있듯

태풍이 지나도
폭풍우가 지나도
번개 천둥이 지나도
허공은 그대로 하나 흔적도 없듯
만고의 허공으로 그저 비어 있듯

팔십의 세월
인생 희비애락이 지나간 나의 생애
빈 허공으로
그저 아무런 흔적 하나 없이 허공으로 있길

애착도, 욕망도, 미련도, 애욕도, 미움도,
후회도, 아쉬움도,
하나 흔적 없는 빈 허공으로 있길

만고에.

(2001. 8. 22)

여행을 앞두고

여행을 앞두고
갈 곳을 생각하며
떠날 날짜와 시간을 살피며
서류와 여비를 챙기며
여권과 통과증을 재확인하며
미리 서두는 것이 나의 버릇이었나

이번 여행은
하도 먼 곳이어서 .
지도에도 없는 곳이어서
갔다 돌아온 사람도 없는 곳이어서
갔다 돌아올 수 없는 곳이어서
혼자 가는 곳이어서

이곳에 빠트린 것은 없나,
꼭, 갖고 갈 것은 없나,

아, 그날이 가까이 올수록
이 마음.

(2001. 8. 15)

9월의 詩

식어 들어간다
하루, 이틀 날로 다르게
깊이 식어 들어간다
이젠 머지않아 추운 겨울이 되려니

산천초목들이 그렇게
대지가 그렇게
인간들이 그렇게
온 천지가 그렇게 울긋불긋 변하며
날로 말없이 식어들 간다

한여름 그렇게도 극성을 부렸던 태양도
이젠 날로 힘이 기울어
천지만물을 제자리 제자리 재워 놓고
날로 식어 들어가나니

오, 이것이 우주의 섭리이런가
생존의 이치이런가

9월이 오면
만물이 차게 기울기 시작하나니.

(2001, 9월)

캄캄한 대낮

의자에 길게 누워
쏟아지는 빗소리를 듣고 있노라니
스르르 잠이 들었다

잠에서 무서운 꿈을 만나
한참 시달리다가 깨니
밖은 하늘이 무너져 내리는 캄캄한 빗소리
천둥 번개 치며 천지가 쪼개지는
캄캄한 대낮이다

순간, 무엇을 잘못했을까
무엇이 잘못되었을까, 생각 들면서
세상에 이럴 수가,

비는 쏟아져 내리면서 대답이 없이
천둥 번개 치며 대답이 없이
무거운 침묵으로 세상이 죄어들면서.

(2001. 7. 30)

서둘지 말게나

서둘지 말게나
조바심치지 말게나
올 것은 반드시 올 것이려니

해가 뜨고 해가 지고
하루가 오고 하루가 가고
일 년이 오고 일 년이 가고
십 년이, 백 년이 그렇게
어김없이 오고 가듯이
인생, 또한 이러한 것이려니

서둘지 말게나, 조바심치지 말게나
올 것은 반드시 오는 날 올 것이려니

그날 그때에 어김없이 올 것이려니.

(2001. 7. 28)

무거운 세월

한 노인이
호심 깊이 낚시를 던지고
온종일 물가에 홀로 앉아 있다

물속의 구름인지 바람인지
이따금 낚시찌만 흔들릴 뿐
호심 깊이 흰 구름 소리 없이 흐르고
천지사방이 귀를 찌르는 적막이다

우주 무한
오늘도 그 자리.

(2001. 7. 27)

하늘의 심술

한동안은 비가 내리지 않아
심한 가뭄에
온 나라가 기우제다 인공비다, 떠들썩하더니
지금은 하늘이 무너져 내리듯이
폭우가 이곳저곳 온 나라에 쏟아져
물난리로 아우성이어라

무슨 일로 이렇게
하늘이 시도때도 없이 심술을 부리는지
이번에도 내 고향 뒷산 어머님 묘역이 근심되어
창 밖을 내다보고 내다보곤 하나니

과학이 아무리 발달했다 해도
천지 재앙을 방지하기엔 아직도 멀어
천지 재앙 앞에선
아무리 인간들이라 해도 속수무책이어라

세상엔 요행이라는 것은 없는 것
요행을 바라는 사람이 어리석은 일

천지 재앙을 어찌 요행으로 피하리

화산이 터지고, 홍수가 나고, 가뭄이 들고,
울창한 산림이 사막으로 변하고, ….

(2001. 7. 25)

眼 科

요즘, 사소한 일에도 쉽사리 감전이 되어
속절없이 눈물이 나와
안과를 찾아갔더니
눈에는 별다른 증세는 없다고 한다

그렇다면 쉽사리 나오는 이 눈물은 뭘까
암, 이 병의 원인은 나만 알고 있으려니
팔십 평생 喜怒哀樂이 흐물흐물 시로 녹아
모두 무색 투명한 눈물로 되었으려니
눈물은 내가 지나온 세월이요
내가 살아온 인생의 무게이어라

시를 살아온 팔십 인생
잃은 것은 세월
얻은 것은 눈물

아, 세상만사
인생은 모두 눈물이어라

나무아미타불 관세음보살.

(2001. 7. 23)

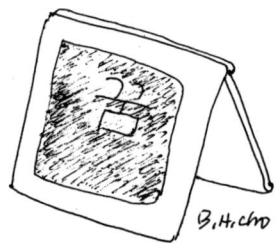

도시의 창문

혜화동 로터리, 2층 창문을 열어 놓고
긴 의자에 누워 쉬고 있노라니
솔솔 들어오는 바람에
무심코 어린 시절 내 고향 난실리
장재봉 아래 원두막 생각,

장마가 지나간 오후 한나절
쪼이는 따가운 여름 햇살 아래
멀리 개울물 넘쳐흐르는 소리
매미 소리, 여치 소리, 베짱이 소리,
참외, 수박 익어 가는 냄새,
마냥 흙냄새 뜨겁던 어린 시절,
긴 장마처럼 아득히 사라지고
지금 나는 늙어서 무료한 세월이어라

혜화동 로터리 도시 한가운데
2층, 작은 유리창으로 빽빽이 들어오는
변하는 세상 소리
노리끼리한 냄새

아, 세상 변해도 너무 변했어라

눈에 보이는 세상은 사라지며
눈에 보이지 않는 세상 열려 오며

세상은 사이버 시대로
사이버 우주로.

(2001. 7. 17)

사이버 : 인공 두뇌
cybermetics : 인공두뇌학

문학은 인간 정신의 구원이려니
—《종로문학》 창간 축시

대한민국의 수도, 서울의 역사, 육백여 년,
이곳 우리 종로는 그 중심의 중심,
한양의 문 안의 문 안, 이려니
이곳 주민으로 살고 있는 우리는
명예로우며, 자랑스러워라

이 명예와 자랑으로 살아가면서
더욱 명예와 자랑으로 기록되기 위해서
인간 정신의 골수로
여기 《종로문학》의 문화의 꽃을 피우려니
이것 또한 명예롭고, 자랑스러워라.

오, 우리 종로인의 문화의 꽃, 《종로문학》이여
부디 향기로워라, 아름다워라, 강하여라,
장수, 장수하여라

문학은 인간 정신이요, 그 창조, 문화의 정수이려니
인간 정신의 영원한 그 구원이려니.

(2001. 7. 15)

사람이 죽으면

사람이 죽으면,
아무리 오래 살았어도, 아무런 흔적 없이
그저 바람처럼, 먼지처럼,
소리 없이 사라져 가는 사람 있고,

아무리 짧게 살았어도
한 줄, 혹은 두 줄, 이라도
"그런 사람 있었다" 하는
자기 흔적을 남기고 사라져 가는 사람 있고,

알맞게 살았어도
아주 많은 기록으로 자기 흔적이 되어
사라져 가는 사람 있나니

이 흔적의 기록이 역사가 아니려나
그 불멸의 빛이 아니런가
사람의 영생, 또한 이러한 것이려니

아, 사람이 죽으면, 그뿐이라 하지마는

사람의 생애는 이러한 것이려니.

(2001. 7. 14)

눈 물

어린이들이 모여 신나게 부르고 있는
동요를, 무심코 듣고 있노라니
슬며시 눈물이 감돈다

어린이들이 모여 천진난만하게 부르고 있는
동요를 곁에서 듣고 있노라니
나도 모르게 흐느껴진다

까닭 모르는 이 눈물, 이 흐느낌
누가 볼까 봐 부끄러워진다

숨어서, 숨기면서, 흘리는 이 눈물
찔끔, 찔끔, 찔끔거리는 이 흐느낌
철없는 늙은이가 된다

왜, 내겐 그러할까
나도 모르는 이 부끄러움
살아 있는 것이 모두 눈물이어라

푸른 하늘 은하수, 하얀 쪽배에
………
가기도 잘도 간다 서쪽 나라로.

(2001. 7. 6)

가을은 만물의 고향이런가

가을은 만물의 고향 천지이런가
모두들 살쪄서 통통히
고요하게 돌아오고들 있구려

가을을 소리 없이 떠나서
겨울을 꾹, 참고 견디어 내서
봄에 활짝 솟아오른 생명으로
여름을 부지런히 다시 가꾸어
다시 가꾸어 낸 만큼 통통히
보다 큰 보람을 지니고
고요히 다시 돌아오고들 있습니다

실로 위대한 것은
불가사의한 조물주의 작업
어찌 이 자연의 섭리를 어기리

오, 가을이여.

(2001, 가을)

강월도 박사
—《혜화 시인 공화국의 독립 선언》에 답하여

"시간이 되면 떠나야 하고
돌아가지 못하는 길이 뒤에 있고
여기 끝없는 눈 위에 머무를 수 있을 것 같으나
눈을 먹고 살 수 없고
눈 속에 살 수 없고……
뉴욕을 떠나야 했고
서울은 먼 기억 속에 아물거리고"1)

"저 멀리 뒤로 구름이 시작하는 곳에 뉴욕이 있고
앞으로 멀리 구름이 끝나는 곳에 서울이 있으리라"2)

"알래스카의 눈 위에 살 수 없고
뉴욕서,
서울서
살 수 없고
이 순간 영원히
숨을 다시 시원히 쉬어 본다."3)

.

이렇게 그때, 강월도 박사는
알래스카 공항에 있었던가

"서울을 떠나지 못하는 운명으로"[4]
서울로 돌아와

"서울은 너무 커다랗고 어지러운 도시"[5]
작은 "혜화 시인 공화국을 선언"[6] 하여
"자그마한"[7] 혜화 시인 공화국을 맴돌며 사는
"시를 사랑하는 아름다운 사람들"[8]이 그리운
강월도 박사.
강박사 공화국은 비고, 시는 외롭다.

강박사는 철학을, 나는 시를
같이 살아오면서 50년 세월
철학을 먹고 살 수도 없고
시를 먹고 살 수도 없고
시인 공화국 대통령은 부재중이다.

(2001. 6. 2)

1) 《눈 덮인 알래스카 공항 관망대에 올라》 (강박사 시) 3聯 전문

2) 《눈 덮인 알래스카 공항 관망대에 올라》 (강박사 시) 2聯 일부

3) 《눈 덮인 알래스카 공항 관망대에 올라》 (강박사 시) 끝聯 일부

4) 《혜화 시인 공화국의 독립 선언》──"조병화 선생님에게" 2聯에서

5) 《혜화 시인 공화국의 독립 선언》 1聯

6) 《혜화 시인 공화국의 독립 선언》 2聯

7) 《혜화 시인 공화국의 독립 선언》 1聯

8) 《혜화 시인 공화국의 독립 선언》

祈雨祭

오죽해서
無神論者까지 기우제를 올리랴
"비 좀 내려 주소서"

農水도 食水도 팍팍 타들어 가는 대지
오죽하면 발 벗고 나서
無神論者까지 기우제를 올리랴

오늘도 하늘엔 구름 한 점 없는
無限 寂寞.

(2001. 6. 8)

변해도 너무 변했어

변해도 너무 변했어
이렇게 갑작스럽게 세상이 변할 줄이야

이메일이다, 홈페이지다, 인터넷이다, 팩스다,
무슨 닷컴이다, 어지러운 단어들이
눈에 보이지 않는 세상을 나돌면서
온 세계는 지금 전자 시대
노인들은 슬퍼라

참으로 인간 두뇌는 무서운 것,
이렇게 전자 두뇌를 만들면서
황급한 시대, 번개같이 황급히 살아가니
전자 두뇌를 모르는 노인들은 인간 폐물이어라

한 열흘 걸릴 편지도 단숨에 오고 가고
은행엘 가지 않아도 돈거래를 하고
상점엘 가지 않아도 물건을 살 수 있고
서로 마주 보며 통화를 할 수 있고
세계 변화를 즉시 알 수 있는

밝은 이 세상,
어찌 꿈엔들 생각했을까

"원고, 팩스로 보내시고,
은행, 온라인으로 적어 주세요."

아, 눈에 보이지 않는 이 거래,
나는 허전하여라.

(2001. 6. 4)

거울 앞에서

거울을 들여다볼 때마다
문득 생각나는 그 말, 그 얼굴
"네 얼굴, 참으로 무섭다"

동경 유학 시절, 기숙사 같은 반, 같은 학년
대만 유학생 蔡東國이라고 했던가
그 친구, 그 말, 그 얼굴
"왜, 그렇게 보일까"

내가 나를 보더라도
그리 좋은 인상을 주는 얼굴은 아니지만
이건, 본의 아니게 미안한 일이다

그렇다고, 늘 웃고 있을 수도 없고
시도때도 없이 재재거릴 수도 없고
얼굴을 꾸밀 수도 없고
천성이 그러하니 하는 수 없지, 하다가도
되도록 웃는 얼굴을……, 하는 다짐까지

아, 고마운 친구
그는 이 격동기를 어떻게 넘겼을까
지금도 살아 있을까

나는 아직도 이곳에서 그 얼굴로 있지만.

(2001. 6. 2)

침몰해 가는 모국어

시대 물결에 밀려
쓰던 언어들이 침몰해 가는 것은
슬픈 일이다

특히나 우리가 쓰던 모국어가
강한 나라의 언어에 밀려
속수무책으로 침몰해 가는 것은
더욱 슬픈 일이다

언어와 역사가 없는 민족이나 나라는
멸망한다는 것을 들은 일이 있지만

오천 년,
면면한 역사와 언어가 있는 이 나라마저
21세기에 들어서자마자
강한 나라의 언어에 밀려
세찬 그 조류에 여지없이 침몰해 가니
어찌 한탄스럽지 않으리

오, 겨레여, 나라여,
우리들의 무거운 유산은 어찌하려나

모국어는 무너져 가나니
매몰돼 가나니
침몰해 가나니.

(2001. 6. 1)

꽃
—— 金一海 畵伯의 그림을 보며

오, 황홀한 순간이여
약동하는 생명이여, 그 순결이여

어찌 이렇게도 활짝 벗고
艶艶한 살결로 빛 속에 뛰어들어
어진 화가에게
신비한 유혹으로 있는가

아, 아름다운 것은 슬픔이런가
소유할 수 없는 희열이런가

무욕한 자만이 邂逅하는
뜨거운 사랑이어라

(2001. 5. 28)

관세음보살

우주에 존재하는
일체 만물은 먹어야 사는 운명으로
생존하고 있지만,
약한 놈이 강한 놈에게 잡혀
피를 흘리며 먹혀 가는 장면은
차마 눈뜨고 볼 수가 없습니다

강한 놈이 자기가 살기 위해서
자기보다 약한 놈을 잡아먹고
그 약한 놈이 또한 자기가 살기 위해서
더 약한 놈을 잡아먹고, 하는
《동물의 세계》라는 영상을 보고 있다가도
약한 놈이 필사적으로 도망치다 잡혀
강한 놈에게 물려 버둥버둥 피 흘리는 장면은
눈뜨고 차마 볼 수가 없습니다

나도 언젠가는 눈에 보이질 않는
미세한 세균에게 잡혀
흐물흐물 죽어 가겠지만

부처님, 당신도
강한 자에게 먹혀 죽어 가는 것들 앞에선
무력하고 너무너무 무력합니다

아, 관세음보살
나도 내가 살기 위해서
많은 생명을 먹었지만.

(2001. 5. 28)

찔레꽃

찔레꽃이 한창 피어서
냄새가 가득히 감도는 이 산장의 길을
혼자 걷는다는 것은 서운한 일이어라

하얗게 찔레꽃이 피어서
냄새가 만발하는 이 산장의 길을
혼자 걷는다는 것은 허전한 일이어라

오월도 늦어 여름으로 접어드는
푸른 이 계절, 송이송이 하얗게 피어서
냄새가 진동하는 이 찔레 핀 길을
혼자 걷는다는 것은 황홀한 고독이어라

시를 쓰며, 시를 사는 사람에게
찔레꽃은 하늘의 맑은 선물이려니

서운함도, 허전함도, 황홀한 고독도
하늘의 맑은 은총이려니

아, 시인은 하늘이 보살펴 주는
맑은 나그네이런가.

(2001. 5. 26)

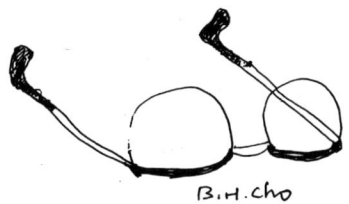

靜 物

움직이는 것이 보이질 않는다

화분은 화분대로
그림은 그림대로
책은 책대로
붓은 붓대로
쓰레기들은 쓰레기대로
먼지는 먼지대로
놓여진 자리에서
萬古無言으로 있다

그 사이사이를
보이지 않게
나의 영혼만이 떠돌고 있다

나의 영혼은 그렇게 떠돌며
움직이며 생각하며
무언가를 부지런히 찾아

평생을, 그렇게 쉬는 일 없이 왔지만
그것이 무엇인지
아직 나는 모른다

있는 것인지, 없는 것인지.

(2001. 5.24)

인생은 이러한 것을

전화를 걸어도 벨만 울리고
번번이 받지 않는 벗들
이 주소 버리고
어디로들 갔을까

온종일, 실로 진종일 지루하게
기다려도
벨 한 번 울리지 않는
나의 이 주소

이 주소를 알고 있는 벗들은
다 어디로들 혼자 떠났을까

기별 없이 떠나는 벗들
소식도 없이 사라지는 벗들
가을의 낙엽이런가
세월이 허전하여라

언젠가는 나도 이러하려니

벗들을 탓한들 무엇하리

이것이 인생인 것을
인생은 이러한 것을.

(2001. 5. 25)

맑은 고독

평생을 시만 쓰다
수입도 없는 인생을 살다 간
벗들,

무엇 때문이었을까

무엇이 그리 곰곰이 생각할 것이 많아서
가슴을 앓아 가면서까지
골몰하며 골몰하면서
돈이 될 수 없는 시만 만지다 간
벗들,

왜 그랬을까

존재한다는 것은 신비한 것을
생각한다는 것은 부질없는 것을
소원한다는 것은 허망한 것을
인간을 산다는 것은 외로운 것을

풀리지 않는 인간의 이 고뇌를
가난히 시만 쓰다 간
벗들,

왜 그래야만 했을까

맑은 고독을 씹으며.

(2001. 5. 24)

조병화(趙炳華) 선생 약력

출생일   1921년 5월 2일
출생지   경기도 안성시 양성면 난실리 322번지.
현주소   경기도 안성시 양성면 난실리 산38의 1번지

학 력   송전공립보통학교(1년), 서울미동공립보통학교(5
년), 경성사범학교, 일본 동경고등사범학교 수학
(1945:종전), 명예철학박사(중국), 명예문학박사(한
국), 명예문학박사(CANADA).

경 력   경희대학교 교수(출판국장, 문리대학장, 교육대학원
장), 인하대학교(문과대학장, 부총장, 대학원장), 한
국시인협회 회장, 한국문인협회 이사장·명예이사
장, 세계시인대회 서울대회장, 세계시인회의 국제
이사, 세계시인회의계관시인, 편운문학상 제정·시
행, 대한민국예술원 회장.

수 상   아시아자유문학상, 경희대학교문화상, 한국시인협
회상, 서울시문화상, 대한민국예술원상, 삼일문화
상, 대한민국문학대상 5·16민족상(학예) 국민훈
장 모란장, 경희대학교 大學章 대한민국 금관문화
훈장.

현 재   인하대학교 명예교수, 경희대학교 학원이사, 세계
시회의 국제이사, 예술원 회원.

第52宿

남은 세월의 이삭

초판발행 : 2002년 5월 10일

지은이 : 趙炳華
펴낸이 : 辛成大
펴낸곳 : 東文選
제10-64호, 78. 12. 16 등록
110-300 서울 종로구 관훈동 74
전화 : 737-2795

편집설계 : 韓仁淑 劉泫兒 丘潤姬

ISBN 89-8038-810-1 03810